雪塚

齋藤恵美子

思潮社

目次

装幀　清岡秀哉

雪塚

白点

透過像、と標題にあり
仄かな、純白の立体で
遠目には、硝子に見えない台座に
無数の、白点が埋めてある
ひと、に似ているが、光、かもしれない
——世界の剥製に触れているのか

「執刀します」

半身だけを、眠らす麻酔に
痛覚を抜き取られ、そっと
内腿へ指を這わすと
知らない女の、弾力が触れた
三号棟から一号棟へ、去るたび、廊下で
彫像は変成し
表皮は、粘性の他者を帯び
はじめての格子を握っている

死産した糸虫が
凝集物《アグレガ》のように土を覆う、執務室の
裏手の庭の、死角に
張り詰めた土嚢が積まれ
(至るところでの、白夜。石壁)

ここにも、白点が施され
打たれた水滴の、一つ一つが
魂のように見えてしまう

風化堆積土

濃色インクで、写真帖から
抹消された源叔父の
ようやく探した手札版にも、掻き傷
のような痕があり
撮られた時、光の刃先が、束の間
風景に走ったような、一枚を夜、どうにか飾って
遺骨へ、手のひらを合わせたのだ

梱包された、親族写真の、あの日の
あれほどの消滅さえ、死と呼べぬなら
叔父の遺した、風景の残骸は
呪詛、なのか
古戦場で眺めた石碑へ、その場かぎりの蠟燭を立て
路面に、陥没を、嗅ぎ当てるたび
あかるい絶望で充塡する
そのような蒙昧を、人は、千年も、光と呼んだ

火を許す者、その足並みに、私を
支配する音があり
合い鍵を、だが、渡すまいと
渡されまいと踏み堪え、源叔父が、手で
自ら潰した、写真の顔へも手を合わせ

遠い、年月の隆起によって、押し上げられた断層から
単体のままの、小石を拾い、しゃがんで
フューケラの葉を摘んだ

砂壁

叱りそうになると、決まって
取り出してみる褐色の、写真の中の
赤ん坊さえ
遠い、桐箱へ押しやって
床の間の、光る板目へ、毀れ続ける砂粒の
ざらついた点の挙動が、母には
何よりも、恐ろしい

点の背後に、潰し切れない、終止符のような虫がいて
――沈黙の、総量が、多すぎるのだ
小道具は、もう、畳になく

それを、生き物と呼ばずにおくには
更なる、混濁が必要なのだと
――太陽がなくては、偶像《イドラ》もない
どこにも、糸口はないのだと。
薬で、毎日、神経を、駆動させねば動けぬ母の
幻の巣、を否定するには
どんな風景も頼りない

かつて鼓膜が、故郷のような
眩しい空洞で聴いた音が、いまも確かな

心音として、命脈として、私を打ち
これまで一度も
呼んだことなどなかった、母の、名前を呼び
砂までの指。小さな背中。
神の、身替わりとしてうずくまる

生誕譜

「わたしの心臓」、島の民は
太陽をそう呼び、投網を打った
漁繁期には、観音びらきの、扉の奥の
血族を揺り起こし
（写真がなければ、私もいない）
供えた白魚を、掬って食べた

原質、のような赤さの土から、濡れれば

いくらでも草は伸びて
北方の村。夏、借り物の
ルウンペを着た若い母と、サパランペ、をかぶった父が
古民家を、背に、立っている
――わたしも、霧から、戻らなかった。あなたの
　父祖たちと同じように
祝いの酒の、コップの底から、水晶
のような、反射、があり

森の民は、黄豆の実莢が、小さな
心音を脈打つのを
一拍ごとに、背後の霧から、幽かな
産声が上がるのを、確かめながら、木鉢を揺すり
はにかむ花嫁を取り囲み

生誕譜は、すなわちここに
先駆けた部族があったことを、ひとつの
言語が生まれたことを
意匠で、賑やかに伝えるのだ

那須野

骨ではない二本で土を
頼りなく踏むような
鈍麻した歩みの果て、日暮れ
川べりの草に立ち

やわらかい旗をかかえた、男の
襟章の座金がこぼれ
土、以外の踏み場を探して、降り立つ浅瀬は

心底、青く
まだ手つかずの、水場もあって
並んだ星の、明滅を揺れながら

三本杉を見上げると、きまって時雨れて
金鋤《すき》も濡れ
川向こうには、緑の土手を
分列でゆく背中も見えた

白い淵

金盥から、どのように血を
あなたの中へ、戻せばいいのか
肌襦袢まで、剝ぎ取る腕の、その熱を
まだ知らぬまま
瞳を、芯まで、澄みわたらせて
鮑を見た夏。那須野へ移って
麦刈りのあと、畚《もつこ》かつぎ。裏手の川へ
身を投げた者もいて

白い淵、から問い詰められて
最後の罪まで、吐かせてしまった
山羊の啼く小屋。空から狙った、背中が
炎に見えたから

遠退くばかりの、狩り場で草を、この手が
ひとつかみ欲望し
覆せない盥のそばで、名前も呼ばずに
交わし合って、ひらいた心を、縫い合わせても
灰、以外の帰結はなく、霧さえ
届かない、昏みの底で、あなたと
炎が、ぴったりと重なる

空砲

開錠の音。入域を許されて
月ごとの勧告に、否《ノン》、と言った
広場から来た、跫音にだけ、寛容になる、
銀の門扉。カードキーに
数列として、精妙に仕込まれた空洞を
誰も知らない。知らないことが
扉と、わたくしの、絆だった

自治領《ドミニオン》から、域外へ出て、渡航も手控えて
引きこもる祖父の手の
何かを開け閉めするような、隠れた反復が止まらない
街路を、パレードが凱旋するのを、窓辺で
冷ややかに見下ろしながら
祖国の音より、異国の音を
悲哀をちりばめた、歌声を愛した
(その日も、祖父なりの、静観と反撥で、パレードを
密かに、暴こうとしたのだろう)
自治政府から、贈られた、
メダルは、刻印に、蒙疆、と読める

ひらいた後の、余韻の中に、扉も、わたくしも
身を置きながら

未来を、掻きわけて、旅することも
過去への亡命も、いまは叶わず
誰かを無意識に騙りながら、騙られながら
凱旋をやり過ごし、広場で
ひとりの、列席を済ませると、震えて
空砲を迎え入れた

外電

誰かに、居場所を譲ろうと、正面から
身を引きあげて
日録の文字、素手で掻き寄せ
前輪だけを駆り立てれば
寄る辺なさは
裸の軸の、貧しい、旋回の影となり
出来事、として刻まれるたび、新たな
旋回へ引き込まれ——

外電、すなわち、策定者から、密使へ
送られた信書には、自叙録、でさえ補完不能な
類別できない語群、があり
望郷という病がもたらす、地名の連打を蔑みながら
斜体であること。ひとり無謬で、背骨の
垂直を裏切ること
それは、もっぱら、暗部として
超克すべき何か、だったが
互いを、実名で呼び合うとき、きまって
子音から掻き消され
意中の障壁。多元、と呼ばれる、恥辱を忘れた鼻濁音
ふたつの、壁面を凌駕しながら
一つの、海峡を澄みわたり

みやらびの里。あすみヶ浦の、民家園から谷戸へ降り
生家の寝間で
叔父が遺した重たい革製トランクを
畳へあけると、産湯のあとで、初めて
レンズを向けられた感触が
頬をよぎって、引き合うために、思念へ呼び入れた荒縄の
五指はひらかれ、握ったはずの
未然のままの結び目と、ひと束の髪
もう艶のない、女の、黒髪がこぼれていて
戦火に呑まれる前の異国で、声を失った大叔父の
独り身のまま逝った男の、写真は
一葉も畳になく――

どれほど、地軸を、傾けようと
在ることを、やめない星の
二つの原点。ただ空席を、乗り継ぐだけの、旅の窓の
この海辺にも、証人がない
無いゆび、だけが、日付を打ち
（祈りとは、たった一つの、名を呼びつづける声のこと
あるいは、声から取り除かれた、その名を、探し続けること）
密使は知らない。最後の子音が
真鍮の手で、盗まれたのを。外電から。
どの日付へも、もはや、祈りが届かぬことを

当事国から、際限のない流血と死を絶つために
打電された五文字を、すぐさま、文言
として打ち返し、外地の

孤独な策定者、と呼ばれるだけの半生を
敷衍されない悪意とともに、右手は、日録へ書き記す
誤謬であること。骨子をさだめず
肉声のまま、繰り出すこと
未明の甲板。被写体として、初めて、立たされた一点が
この世のどこにも、現存せぬまま
出来事、として葬られ
大戦間の、わずかな歳月
その記憶しか越せない夏の、旅鞄の
母の遺した髪への
小暗い情念が、打ち返された傷、の背後を
呼び声、のように遠ざかり――
私に譲られ、この世に

ひとつの居場所が、空席が、あたたまり
生まれ落ちた影が、明け方
水位を変えながら沈んでいった

水密扉

見世物、と肩先で罵られ、逃げても
文字でしか、吐くことができない
壁の、筋交いが軋むたびに
呼び入れた湖が涸れてしまった
膜だけがあり、透ける回路に、眩しく
水として包囲され
扉で、濁流を遮るまえの
破船の夕暮れを揺れていた

――素描と、蛇行は、違うのだから
――もしも、裂傷で済んだなら
背後で、交わされる繰り言が、炎と
鏡面をゆらぐ夜の、日付はすでに、声に紛れて
吐かせる、文字からも遠ざかり
調書と、カーボンを重ねる指の、幽かな音にも
回路はひずみ
八つに、訴状を、引き裂いた指跡に
かつての、怨恨が染みていた
――筋書き通りの、貫通、でした
――視線を、誰かに、侵されているような
溶け合うばかりの、絆を断っても、水から
出るほどの、浮力はなく
知らずに撮られた反転フィルムの、真顔に

文字として詰め寄られ
崩れる前の、船の傾斜で、壁にも
扉にも吐いてしまう

隊商

柱に、唐草の
投影を秘めている、異国の文字
太陽の対極で

取り囲むたび、違う男が
演台に立つ枢軸の、広場で
呼び名を、覚えきれず
短靴の痴れ者——そのように記憶した。

在来神、には額《ぬか》ずかず
コーカサスの、面立ちもなく
上背のある、若輩兵士の、憂愁を帯びた顔を向け

日没前の仮小屋で、鋲打ちをする革職人
(影にも、光源があるのです)
軍帽に、手を入れたまま――

ジープの幅にひらいた道を、きのうは
隊商として、通り抜けた。
朝、張り詰めた、胸筋で、一度限りの石弓を引き
遠い喉から、卑近な耳へ
しゃがれた蛮声を汲みながら

風のように、手応えのない、
純白のくだものを運ぶ腕。半ダースの山羊。
軍鶏《しやも》の小屋。ジープが
倍速で引き返し――
エグリン基地から、大型機体で、明け方
編隊がやってくる

敷き藁

産卵室で、群れのまま仕切られた、雌鶏の
輪郭が、影よりも大きい

褐斑病のアオダモの、枝から、日ごと
わくら葉は剝がれ落ち
明るくなった背景の、硝子に、水鉢が透けている
ここからが北。そのように風も吹き
晩生の実種を運んでいった

生まれるたびに美しい、紅蝶のような絢爛を
外皮ではなく、与り知らない、内皮の
内側にひしめかせ
産み落とせば、種も、小石も、数の、狂おしい密集の
その果てを踏む。敷き藁が濡れ
裸の息が、聞こえてくる

幼体

企画室、ばかりが並び
ばらばらな人声が、漏れている
特命を受け、けれどもいまだ、入館証
さえ持たぬ私を
コンコースで、待つ男がいて
符牒も尋ねずに、画像を見せた
天窓の空
すべての星座が、整列し終えた一瞬に

暦よりも、もっと高次な、乱数表が差し出され
――ＩＤカードを、はずして下さい
透かせば、骨とも、肉とも無縁で
文字との連結、もおぼつかぬまま、空白だらけの
秘録を打つ
やり直すための指、さえあれば、まだ
原形として、発信できる
死んだ鉢にも、幼体は居て、人語を
空耳で聴いていた

透ける火

白樫の家の、廊下で夜ごと
すれちがう似姿が
抱え持つ空壺の、白さもいつか
青い火に吸い込まれ、明け方の雪さえも
障子には映らない

血族と会うために、この土地を去るのなら
壺を、満たしてもかまわない

この山裾の、茶畑を出て、川筋の地に根付こうと、おまえが
似姿としてとどまれば、わたしも
火のままで寄り添うと

水辺に生まれた、諦念というよりも、むしろ
山辺に、なじめない心根と
摘むには早すぎる、濃緑の幼な葉の、苦い、芳香を身に宿し
蜜を啜る、その舌先の、それだけの充溢を得るために
待ちわびた壺を、象りながら、日暮れの
雪道を歩いていった

夜は、冬の日、馴染んだ空にも、すでに
粒ほどの月、もなく
ようやく灯った白いあかりに、遠まきに、手をかざそうと

屈んでも、なお震えやまない、一族の陰翳と共にいて
白樫の家から、振り返る似姿の
白さも、いまは、雪道に掻き消され
壺は、ひそかに
空洞のまま、満たされ
透ける火が行く手をひらく

木の部屋

犯した罪を、震える声で
扇のように広げてみせ、それを
吸い上げてくれる人の
横顔も、もう、暮れてしまった
赦されるための、ひとときの部屋。つまりは
永遠と同じ純度の、明るさを出て、みひらく人の
瞳をしばらく、見ることができない
旅の、誰かとの行間が、やはり、その罪の

発端、なのか、部屋には
二人で、入ってもよいのかと、尋ねる前に
背後から壁は裂け
砲台のある海辺に立っても、わずかな星さえ
頭上にはなく、屈めば、椅子にも
草にも紛れる、いまは、極小の、姿の人と
いちどは拒んだその夜を濡れながら
見えない小部屋の、残響に立っていた
壁に、染み込んだ過ちの数よりも、棄てられた過ちの
その数を拾い上げ、贖罪としての生、を選んで
死へと赴いた背中を思い
「彼は、ほんとうに、居るのですか」
恐る恐る、わたしは尋ね、疑心を、けれども
過ちとして、赦そうとする声には揺れず

手に導かれ、訪う土地の
別の、木の部屋にいまは来て、そこでも
まだ、頑なに、言の葉ばかりを
響かせるうち、そこが
木の部屋としてあるうちは
言葉も、赦されているのを知った

光膜天井

出会うためには、瞳ではなく、光で
見据えねばならなかった

一脚の椅子があるだけの、小さな、白壁の部屋にいて
共に在っても、独りのままで、私は
あなたに、会おうとしたが
部屋を、満ちている時間をさえも、見据えた後で
砕かねばならないと、知るより前に

告げられたので、最後の、日時計も捨ててしまった

指が、あなたを、境もなしに
ふれようとする感触と、擦り抜けてくる跫音の
聞き覚えのある間隔が、いつしか
互いに、澄みわたって、冬の
音域で束ねられ、答えが欲しくて伸ばした腕が
問いだけ響かせる声と繋がり
抱かれた部屋の、頭上はいつも、折り返された光、だったが

小さな草の、小さな種を、冷たい、薄べりの上へ置き
もう抱くまいと、押し殺す手のひらが
満ちてくる天井の、明るさに追いつかず
淡い、ひと刷毛の虹を手繰って

独り、天涯へ向かうとき——

互いを、島民《アンシュラ》、と呼び合うことで、小川のように
血脈を分け、どんな暗転が来ようとも
変わらず、鈴を振る部族のように
耳から遠ざかる跫音を、見送るだけの鈴の音が
鳴りやまない夜をくぐって、いまは
晴れやかに手をかざす

シュラフ

野外、ではなく、畳の上で
シュラフにくるまって眠る理由を
ベッドを、捨ててしまった訳を、その日も
最後まで、聞きそびれた

中州にしか立たない鷺に、呼び覚まされる昏い水と
あの川祭り。淡彩ばかりの、花火を
茅原で、仰いだあと

山裾からの西風に、まぶたの残り火も散らされて
街が、みずから、澄みわたる明け方の
窓という窓、衝動でふるえる

正午が、足早に立ち去るまでは
そのままに燦燦と、四隅まで照る部屋の、シュラフの中は
しっとりと懐かしく
一度は忘れた、胎内、を思わせた
——此処は、ずいぶんと、孤独な場所です
遠い、川岸に立つひとの
一日分の、体温に、明るさのように触れながら

繫ぎとめておきたいものは、言葉ではない何か、だったが
水から空へと、歓声が上がるたび

破片のかたちで、太陽が見えたこと
其処にも、わたしの、水面があることを、中州で
ひっそりと教えられ
白い、柔らかい柩、のような、シュラフに
背後から、抱きとられた

入植者

急拵えの、柩だけが、等間隔に
広間では並べられ
私には、まだ炎もなく
振り向けば、もう、橋もなかった
引き返せない空白が、地上の
何処かを、覆うとしたら
それが此処だ、と思えるような、哀しみだけと
架橋していた

男と男。女と男。大陸からの
入植者が、歓楽街のショットバーに
それでも、暮れ方、連れ立ってやって来る
昼間は、フレンチローストの
焙煎豆を砕く男が
ビールグラスを、客に混じって
傾けながら、腸詰めを噛んでいる
土地の言葉で嘆きつづける、菫色のドレスの女
西への、手掛かりが見つからない
漂白された、箱だけがあり

原初的な、燃えさしを思わせる、
立木の影を、手繰り寄せても

群像の中の一人になって、包まれるための
火を探しても
私の対極に、私が居ない
炎の、空隙へ呑まれていった

書斎机

群棲、それとも単棲ですか
問われて、炭倉へ投げ込まれた
片眼視の悪癖を、夢見にまで持ち込めば
高天井から、垂直に、頭上へ
射してくる透過光
利き腕で撥ね、どちらへ揺れても
制裁の糸が光るので
泳がせた手で、文字を手繰って
発語を、のぼらせて酢を吐いた

像質の良い青焼き図面に
挟まれていた回想文。群棲にも
単棲にも、馴染めなかった筆圧を
角文字に見る
八年前の、遺骨が、まだ、床の間に置いてある

百合は手向けず、書斎机を
祭壇として骨を据え、燭を灯して
拝んだあと、古い髭剃りの蓋を取ると
髭と一緒に剝がれ落ちた、父の
肌の、腐敗臭が
わたし自身の、拭い切れない
原罪のように込みあげる

葉化石

皿の上で、ふるえている
母から、取り出した、腸《わた》だという

行き場を失い、体温のまま
灯りに、曝された、母の、色

右手を握り、ふた言だけの、別れをせわしく
済ませた後の、隧道を抜け、いまは

腸《わた》さえ、ひかりに刻まれてうつくしい

ひと月ぶりに、陽を入れた角部屋の
濡れ縁に、並んで、座っていると
葉化石の絵葉書が
大陸を越え、一枚届く

船窓のある部屋

深さも、青さも測り知れない、
海面は、まだ仄暗く
残像ばかりが、映り込むので
生きている者に風は見えない
船窓のある、二階の小部屋を、イングルヌック
と祖父は呼んだ。面取りされた、
太い柱と、木椅子の並びに
煖炉が燃え、白い、漆喰の壁に嵌まった、二つの窓から

放射があった。産業革命まっただ中の
欧州こそ知らないが、帆船《ほぶね》で、渡英したことがある
その丸窓を、欲しいと思った
まあるく限られた海原から、光が、すっかり
揮発すると、対岸にある城郭都市の
砦が、夜のまま消え残り
甦らせたキャビンの壁と、遠い、青空の瞬間を
残像の色で、眺めながら
硝子の傷口を、赤くひらく。イングルヌック。
風音がある。旅には、もう
君とだって行かない

保養院跡地

回想録から、保養院
の一語を、取り除けた作詞家の
ひそかに愛した、増四度の、和音を
打楽器で聴いている
半世紀もたって、ようやく、開示のかなった産院の
カルテは、ただ、実子である、と
手書きの独逸語で告げていた
故郷は、もはや、場所ではなく、亀裂のような

何かだったが
母、さえ故郷ではないことに、気づいてからの歳月を
巣穴のような部屋にこもって、言葉に
魘されて、彼は生きた
おのれの、死のための布石として
白紙へちりばめた不協和音
掘っても、掘っても、辿り着けない、底、からの風に
頬を吹かれ
府下荏原郡目黒村字下目黒、の路地の家で
父と母が、地中の部屋を
知らずに積み上げた夏もまた、巣穴に呑まれ
増四度の風
とっつきの門にゆきあたる

跫音

見失った背中を、山から、吹き返す風があった
夜ごとの、跫音にすぎない者が、独り
残響として戸を叩いた
応じて、いっそうの鎮まりの中
招き入れた、その者と、いつか、渓流で水を掬って
互いの、声帯を潤した

澄み渡った、その一瞬を、呼び合う声と、跫音の
あいだを満たす、鎮まりこそが
風を、斥けた、あなただった

間に合わせの、調度がわずかに、置かれただけの
貧しい部屋。誰にも、おそらく
予見できない、白い、陥没が、此処にもあり
夜を分かって、向かい合うとき、あなたは
故郷《ふるさと》を、窪地、と呼んだ

「窪地があかるさで満たされるのです」

互いの視線を、封じた後の、指で、感触のない手を握り
窪地によって、生かされた一点で

ほかならぬその場処で
跫音から死に入る

無声動画

秒針は、まだ赤く止まって
濡れたような、鏡が掛かり、型紙をとる机の後ろの
小窓に、影のない立ち木が見える
誰かの、温かな内側を、もう一度
抜けてきたばかりのように、赤みの差した、その顔のまま
横たわっている赤児より
居間の紫檀の、違い棚の、お客にも出す光る菓子器の
青い、透明な模様のほうに、いまは

うっすらと覚えがあった
最初は息で、それから指で、硝子の青空に近寄って
それが、砕かれる音も知らずに、居間の
一隅に蓋を置き、座った畳に
しばらくは居て、からりと甘い、麦菓子を噛んでいた
赤い小豆と、黒い小豆を
母と、選り分ける夜は短く
寝入り端に水をかぶった、此処が、部屋なのか
沼なのか、その日のうちには
思い出せない、遠い、真っ暗な朝もあり、そのような日は
出てゆく水と、入れ違いに来る女がいて
隣町の紹介所から、差し向けられた者だと言った
冬には、臥せがちの母に代わって
糠床を混ぜ、お櫃を洗い、子供たちには、甘めのお菜を

小さな鉢に、取り分けて喜ばせ
火熨斗を掛けた常着を畳んで、破れを
くけ針で繕う指は、これまでの手仕事でふしくれだって
知らない切なさに満ちていた
家の、暗がりに見え隠れする、誰かが
操っているかのように、一枚一枚、季節はめくれ
まだ縞蛇のいた夏も遠のき
里に帰った女の話を、仕付けを抜きながら、母は語り
青い、縫い上げたばかりの服に、袖を通して
紅を引き
都電の見える、西窓を閉め
塗木の門を大きくひらく

雪塚

生まれた家の跡に立つと
背中を押す陽射しがあって
踏みなさい
銀の音するひかりを刻んだ霜柱
地表を何度も、地名を何度も、塗り重ねて
街はできた
四ッ谷寺町一番地
思い出す雪の、白の遠さ
西念寺から、薄ら日を背に

もう写真にはうつせぬ路地を、駈け去ってゆく少年の
幼い靴音を見送って――

どんな疚《やま》しい一日さえも
暦の、残像に変えてしまう、西陽のせいで
踊り場までが、仰ぐと
あかるさで真っ白だった
（この窓を、木を、信じよう）
ヤブツバキの背後から、守られたまま、たった一つの
日付を、そっと、生きていくこと
母屋で真夏、一度だけ、拳を
振り上げた父の腕が
手にしたカメラの、視力を全部
寂しい仰角で使い切り

わたしには、けれども何処にも、振り捨てるような
故郷はなく

写真のあなたを、この世の視線で
眺めることなどもうできない、と反芻しながら
暗い仏間で、誰かに、審問されていた
そのような壺
骨より先に、埋葬されたそのひとの
灰に潰えた肉声を、背後の
靴音として聴いてしまう
（いつも、違う、霜柱へと、それは、賑やかに着地して）
それから、古木のハゼノキが、否定のための
ひと枝を撓って
（どこかに、ねじれた、階段があるだろう）

開け放した光の向こう
遠い、静寂を、眺めるように、いま来た細道を振りかえり
転籍のあと、たった一人で
潮踏坂と別れた冬の
灰と光に、いちどきに晒されて
一つの生誕がやってくる!
四ッ谷寺町一番地
立ち去った者は、一人もなく、あなたは
自分の舌の起源と、等価であるはずの土地の名を
執拗な鈴音で消し去って
幻であることを、ひっそりとやめる

ひとつしかない開き戸は
小さな雪塚へ通じていた

跨線橋

ひとつの、破綻のような壁が
取り払われずに、残っていた。「ここでしか、君と、語れない」
剥き出しの俯瞰図を、こぼれ落ちて――
いちばん遠い日付の中へ、置き去りにした光景が
その窓にある。
(振り絞るように、君と訣れて、光を見た)
それからの手で、触れた木だけを、淡い、草色の日記にしるす

捜しただけで、見つかるものなど、心の
要《かなめ》ではないのだと、仰いだ空の、跨線橋から
撫で上げるだけの音楽を振り切ると
極量の雨。
ふるえながら、部屋は、君を、迎え入れた。
一緒に浴びてはならない光に、受粉のように、弾《はじ》かれあって
光を、声として開けひらく真空へ、記憶を
埋没させながら――

「基地かもしれない」。雨の背後で、部屋というより
ここは基地だと。
電子時計と方位磁石を、かちりと置いたカリモクの
木目の透けるテーブルにも
指示性のない光は射し

たがいの居場所を、引きずったまま、いつか、その中で終わる雨を
破片のように照らし続ける、光の収束にすぎない君を
部屋は、いつも、いっときにせよ、確かな
存在に変えてしまう。
(澄みわたった、硝子にひびく、君の、残響は、気づかれぬままだ)
それは、束の間の顕現、だったが、声にも
そこばくの、破綻はあって

埠頭へ向かう二本の線路《レール》を、橋から見下ろす君の影が
斜面の思い出と重なって、天体からも
身を隠すとき、地図の、曲線を裏切る旅は、壁の、傷痕を
揺り動かし、破片と泥土を俯瞰したまま
水から森へと、眺望をひらく。
小さな、ひかる、道しるべを、ひとつ、ひとつ、立てるように

君を呼びたい。残映だけの、部屋で
目覚める、街、の中へ。知りたい、という理由だけで
立ってはならないその場所へ――

明かりの代わりに配分される、太陽を待つ室内の
銀色のカトラリーと、その延長にしか見えない小指。
形態、ではなく、残光として
横たわっている人影の、生命時間に、寄り添いながら
橋の面影、それだけを見ていた。
淡い、草色の日記の中に、堆積してゆく歳月と、身体《コルプス》の時間が
いつか、遠い天体で混ざり合い
部屋の、内部にいるときでさえ、部屋の
かたわらに、居るような気がすると。
君の、誕生に、誰ひとり気づかない、そんな日付が

あるような気がすると。

眠りによって、仄めかされた、暗示にすぎない壁だとしても
形骸としての空間さえも、消滅しさった場所だとしても
そこに、窓が、透けているあいだなら
部屋、と呼んでもよいように思われた。立ち続ければ
抱き取られれば、部屋の
胤さえ宿してしまう——そんな、晴れやかな確信が、動線として
頰をよぎり、場所の子とも、基地の子とも
君は、唇に乗せなかったが、きっと、独りで
たった独りで、コルプスの血統を継ぐのだろう

壁に、限られているのは、もはや、風景、ではなかったので
かつて、「街」が、窓に見えた——いまは

それだけを、書き記し、白いレースを、左右にひらいて
出窓の、近くまで連れて来ると
君はみひらき、まばたきをし、窓から
アオダモを見たいと言った。
すでに、窓辺に
居ることを告げようと、そのために、もう一度
カーテンをそっと引く

雪塚《ゆきづか》

著者　齋藤恵美子《さいとうえみこ》
発行者　小田久郎
発行所　株式会社思潮社
〒一六二―〇八四二　東京都新宿区市谷砂土原町三―十五
〇三（五八〇五）七五〇一（営業）
〇三（三二六七）八一四一（編集）
印刷・製本　創栄図書印刷株式会社
発行日　二〇二二年十月三十一日